閱讀123

國家圖書館出版品預行編目資料

歡迎光臨海愛牛／王文華文；賴 馬圖
-- 第二版. -- 臺北市：親子天下, 2017.07
176 面；14.8x21公分. --（閱讀123系列）
ISBN 978-986-94983-2-6（平裝）
859.6　　106009439

閱讀 123 系列 —— 20

海愛牛社區 1
歡迎光臨海愛牛

作者｜王文華
繪者｜賴馬

責任編輯｜蔡珮瑤
美術設計｜蕭雅慧
行銷企劃｜王予農、林思妤

天下雜誌群創辦人｜殷允芃
董事長兼執行長｜何琦瑜
兒童產品事業群
副總經理｜林彥傑
總編輯｜林欣靜
主編｜陳毓書
版權主任｜何晨瑋、黃微真

出版者｜親子天下股份有限公司
地址｜台北市 104 建國北路一段 96 號 4 樓
電話｜（02）2509-2800　傳真｜（02）2509-2462
網址｜ www.parenting.com.tw
讀者服務專線｜（02）2662-0332　週一～週五：09:00~17:30
讀者服務傳真｜（02）2662-6048　客服信箱｜ parenting@cw.com.tw
法律顧問｜台英國際商務法律事務所・羅明通律師
製版印刷｜中原造像股份有限公司
總經銷｜大和圖書有限公司　電話：（02）8990-2588

出版日期｜ 2009 年 7 月第一版第一次印行
2022 年 9 月第二版第七次印行
定價｜ 280 元　書號｜ BKKCD072P
ISBN ｜ 978-986-94983-2-6（平裝）

訂購服務
親子天下 Shopping ｜ shopping.parenting.com.tw
海外 ・ 大量訂購｜ parenting@cw.com.tw
書香花園｜台北市建國北路二段 6 巷 11 號　電話（02）2506-1635
劃撥帳號｜ 50331356 親子天下股份有限公司

歡迎光臨海愛生

文　王文華　圖　賴馬

目錄

1 海愛牛？牛愛海？

搬家公司的小貨車，緩緩駛進社區。

雨像瀑布一樣，嘩啦啦、嘩啦啦的往下灑。

爸爸的車跟在小貨車後面。

我和妹妹好奇的打量這個社區。

社區有三棟公寓，每一棟公寓的側面都有一個字。

「海愛牛」社區。

海很愛牛？
還是從另一邊唸成「牛愛海」？
難道這裡以前是牧場？
難道這裡住的都是農夫，大家都愛牛？
對了，這裡應該也有海？
我睜大眼睛仔細找海。
我還沒看到海，先發現一頭牛。
灰黑色的大牛站在「牛」公寓一樓，
七、八個小孩正想把牛拉進去。

牛雙腳抵地，大家像在拔河。

嘿喲嘿喲，牛的嘴巴動啊動，好像這麼說。

小貨車停在「海」公寓前，我們的新家到了。

新家在五樓，沒有電梯。東西搬完，天都黑了。

外面的雨停了，雲散了。

圓圓的月亮出來，大地一片明亮。

我和妹妹決定到新社區探險一番。

下到一樓，踏進中庭，看到大牛站在我們面前。牠在月光下，全身泛著銀光，晶晶亮亮的樣子聖潔得不得了。

牛正低頭吃著花，原來花圃裡的花，是給牛吃的。

一群小孩圍在牛身邊，正在討論什麼。

「養牠，我們早上就有牛奶喝。」綁辮子小女孩比手畫腳的說。

「對，我們還可以騎牠去上學，像牧童一樣。」另一個綁馬尾的小女生說。

他們談得好興奮，除了擠牛奶，有人已經迫不及待想騎牛。

「這樣上學就不必花錢坐公車。」頭髮梳成刷子的小男生說。

「我們這麼多人，要怎麼騎？」

「低年級先騎，大哥哥要讓小妹妹。」凶巴巴的辮子妹吼著。

「孔融讓梨你知道嗎？要小讓大！」刷子頭男生說時，意外的發現我和妹妹，「你們是新搬來的，對不對？」

我和妹妹點點頭。

「太好了，大家來練習騎牛吧！」他招呼我們，妹妹害怕，躲到我背後。

月光很亮，牛快把花圃裡的花給吃光了。可是，牛背太高，我們爬不上去，勉強搆上一點點，很快又掉下來。我蹲下來，想讓妹妹踩我的肩膀上去，她不敢，咚咚咚的跑回家。

大家嘻嘻哈哈的，很快就熟了。

回家拿椅子的是阿正；頭髮長得尖尖的是蒜頭；阿光流兩行鼻涕；凶巴巴的辮子妹有個豬鼻子，她叫作珠珠；看起來很聰明的小女生是莉莉。

阿正沒拿椅子來，他媽媽卻來了。

「花？我種的花呢？」阿正媽媽對著空空的花圃大吼大叫。

原來，那些花不是給牛吃的。

「伊，是伊吃的！」珠珠指著牛。

「天哪，你怎麼吃我的花，」她拍拍牛的頭說：「你們也不會把牠趕走？」她回頭罵我們。

「我們想把牠留下來養嘛！」蒜頭說。

「養牛？在公寓裡養一頭牛？」

這下我又懂了，原來那頭牛也不是他們養的。

阿正媽媽用一種很不可思議的眼神看著我們。她要阿正立刻回家，還叫我們快把牛牽去還人家。

可是要還給誰呀？

夜深了，空氣臭臭的，珠珠發現，牛吃完花還在地上留下一大坨「黃金」。

「喔，臭死了！」她說：「誰想養牛，誰就負責清這坨牛屎。」

雖然牛奶好喝，但是和清理牛屎比起來，這實在……

於是，本來要養牛當寵物的想法立刻消退，我們急忙牽著牛，走出社區大門口。

社區外，一位白髮老公公看到我們，氣急敗壞的跑過來。

「唉唷，你們怎麼把阮厝的牛牽走呀？」

「牠是你的牛？」我們問。

牛看到老公公，乖乖走了過去。

「不然呢，你們沒別的事好玩嗎？」老公公雖然很生氣的說著，但是對牛卻一副很愛護的樣子，輕輕用手撫著牠，嘴裡說：「你出門怎麼都沒有跟我說？」

牛低低的哞了一聲，像是回應老公公的話。

「我帶牠回去，你們也快點回家。」

「好可惜，以後沒有牛奶喝了。」珠珠低聲的說。

「什麼牛奶？」老公公的腳步停了一下。

「我們本來還想擠牛奶來喝。」阿光吸了吸鼻涕。

「牠是水牛耶，怎麼擠得出牛奶？」老公公笑得上氣不接下氣，「而且，阮厝的牛是公牛，公牛沒有奶啦，你們這群小孩……」

老公公和牛消失在灑滿月光的街道盡頭，我的新鄰居們，開始互相指責：

「都是珠珠啦，說什麼要養牛擠牛奶。」

珠珠瞪了大家一眼：「還說我，剛才是誰說要騎牛上學的，嗯？」

所有的人都開始支支吾吾，因為，剛才每個人都想爬到牛背上去騎牛呀。

很久以後，有一天我突然想到，問蒜頭：

「海為什麼愛牛？還是牛為什麼愛海？」

「你說什麼呀？」

「我們社區的名字呀，這裡離海很遠，又沒人養牛，怎麼會這樣叫？」

蒜頭正經的看看我：「我跟你說，你千萬別再去問別人了，好不好？」

「好。」

「我們這個『經典社區』，」

「經典？不是海愛牛？」

「你別吵嘛！我們這個社區，每棟樓都取了一個經典偉人的名字，有海明威、愛迪生和牛頓。只是掛在下面的小字，有的被颱風吹走，有的自己掉下來，最後只留下第一個大字，所以……」

原來，原來這就是海愛牛社區的由來……

2 蒜頭爸爸

蒜頭爸是海愛牛的男子漢，不是因為他長得壯，也不是因為他整天凶巴巴，而是因為他敢吃蒜頭。

對，是蒜頭。

蒜頭爸不管吃什麼東西都要咬一口蒜頭，辛辣的蒜頭讓人受不了，蒜頭爸爸卻一口接一口，好像在吃花生米一樣。

1

吃香腸、水餃和喝啤酒時，他總會從襯衫口袋掏出一把蒜頭來分給大家，然後咬一口香腸，吃一顆蒜頭，吃一顆水餃，咬一口蒜頭。

吃完了，再豪氣干雲的大笑幾聲：「呵呵呵！真爽呀！」

全部的人都要用力捏著鼻子，忍受空氣裡的蒜頭臭味。

我們剛搬來沒多久，就已經知道蒜頭爸爸最可怕。

他心情好的時候，就會拿一顆蒜頭逼我們吃。

「敢吃蒜頭，才是真正的男子漢！」他的眼神裡，有不可違背的威嚴。

I love
garlic

「吃蒜頭，養顏又美容。」遇到我妹妹時，他會換句話說。

那是他沒喝酒的時候，等他一喝醉了，就會到處找人親親。

他的鬍子刮得很乾淨，他的酒味也不是很重，但是，那一口隨風飄出的蒜頭臭味……喔，天哪！只要一想到他，我彷彿就能聞得到。

所以，社區有人家辦喜事，我們都寧願坐在門口。那裡雖然離舞臺很遠，但是只要看到蒜頭爸爸的身影，嘩啦一聲，全部的小

孩，都會立刻站起來，拿根雞腿，拔腿就跑。

只有那裡，才來得及逃離「毒氣」攻擊。

開學沒多久，要召開班親會了，別人家都是媽媽當代表，只有蒜頭爸爸自告奮勇前來。

阿國老師沒見過蒜頭爸爸，開會的時候，拉著這難得來的「男」家長坐到他身邊。老師都沒看到，我們小孩自動把椅子往後搬，海愛牛社區的「女」家長更是個個退到牆邊，隨時準備「落跑」。

阿國老師大概以為我們太客氣，他邀請大家坐近一點，可是沒人敢動，他尷尬的看看蒜頭爸爸，蒜頭爸爸當然什麼都不怕，自己就站起來講話。

那時候，吃完晚飯已經很久了，但是蒜頭爸爸一開口，我立刻猜出他晚餐吃的是韭菜盒子加上數不清的蒜頭。

空氣裡，漸漸的有一股濃得化不開的蒜頭味，我看看教室，幸好窗戶全都打開了，否則……

蒜頭坐我旁邊，他尷尬的低著頭。

這是我第一次覺得蒜頭好可憐，我們可以躲他爸爸，還可以捏著鼻子，但是他不行，他爸爸訓人是出了名的，每一次都要訓好久好久。可憐的蒜頭。

現在，如果我在他面前捏著鼻子，他心裡一定更難過。為了好朋友，我把手放了下來，拍拍他的肩膀，故意在他面前深深的吸了一口氣：「哇，好香呀！」

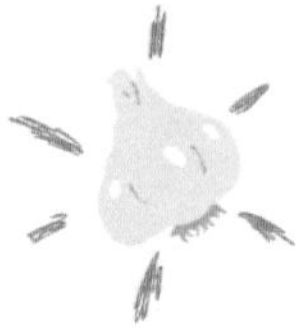

我話還沒說完，一股反胃想吐的感覺，逼得我拉開大門往外衝。

跟我一起往外衝的還有好多人，我們沒人想回教室，可是又不想讓阿國老師沒面子。大部分的人，都保持安全距離，站在窗外。

回家時，蒜頭和他爸爸走在我前面。

「都是你啦，愛吃蒜頭，結果真丟臉。」那是蒜頭抱怨的聲音。

蒜頭爸爸搔著後腦勺：「我哪知道啦，吃蒜頭身體好呀……」

「很丟臉耶！」

「好啦，好啦，我從明天開始，不吃蒜頭，可以了吧！」蒜頭爸爸保證著。

蒜頭爸爸不吃蒜頭，那太好了，可是，蒜頭的外號怎麼辦？以後我們要叫他什麼呀？

那一晚，我在床上翻來覆去睡不著，正想到這個無聊的問題時，對面愛公寓突然傳來一句：「幹什麼！你是誰？」接著砰的一聲，不知道什麼東西倒了下去。

三更半夜，任何一點聲響，都能引來一堆看熱鬧的人。

我們跑進愛公寓，只看到一臉紅通通的蒜頭爸爸，地上躺了一個人，還有撒滿一地的東西。

「怎麼了？怎麼了？」大家問。

「他……他好像是小偷。」蒜頭爸爸小聲的說。

「那，他怎麼倒在地上？」

「好像……好像我一問他，他就自己倒下去了。」他很難為情的說：「好像被我噴出來的蒜頭味給薰昏了。」

原來，蒜頭爸爸想說隔天要戒蒜頭了，趁著深夜到頂樓吃最後一盤蒜頭，結果下樓時遇到小偷……

蒜頭爸爸抓小偷的故事，後來就成了我們海愛牛社區最有名的傳奇，蒜頭呢，當然也不用戒了，否則下回小偷來，該怎麼辦呀？

3 春天芭樂的滋味

海愛牛社區外，芭樂伯的芭樂園裡，是春天最熱鬧的地方。園裡的芭樂，有些剛結果，有些正在開花。白白的芭樂花，嬌嫩的擠在一塊兒。芭樂枝頭成了星光大道，花兒們猶如熱愛賣弄的歌手，拚命的喧鬧，希望引來蜜蜂和蝴蝶的注意。

幾隻蜜蜂樂了，牠們東邊嚐些滋味，西邊試探花香。

一隻蜜蜂也許是忙昏頭了，牠放棄芭樂花甜甜的花蜜，轉而對小光的額頭產生興趣，整個早上朝著小光猛烈攻擊，嚇得小光哇哇大叫，繞著社區中庭跑來跑去。

「蜜蜂，別來追我啦！」長長的慘叫聲，像防空警報。

珠珠跟在後面：「小光！小光，你趕快跳進池塘，電影裡面都嘛這樣演的！」

小光怕水，他當然不敢跳進池塘；我們也沒空理小光，誰叫他永遠像個長不大的孩子。

阿正坐在小公園，他這時正在發表演說：「我長大了以後，我想要當鎮長。」

鎮長管一個鎮，感覺很偉大，趕蜜蜂的工作，當然比不上鎮長，於是我們全把注意力集中過來。

「那我要當縣長。」蒜頭說：「縣長比鎮長還要大。」

「縣長的工作太多，你沒時間看電視。」阿正說。

「我可以請許多祕書，我就有時間看電視。」

「那我要當總統，請一百個祕書幫我做工，我不但看電視，還有時間打球。」阿正望了我一眼，「小傑，你呢？」

我從來沒想過這個問題，當三軍總司令好像不錯，董事長似乎也可以，我搔著腦袋無法決定。

阿正先替我找到工作：「你當我的司機好了，這樣我就不必找司機了。」

「可是我還在考慮，是三軍總司令還是董事長比較好？」

「我是總統，我讓你當三軍總司令，再來幫我開車好不好？」

這下不得了了，未來的總統、三軍總司令外加縣長，現在全聚在一塊兒，忙著開國是會議。

要不是小光在一旁鬼叫，這場會議一定會更成功。

「蜜蜂，你走開啦！」他跑過我們身邊，後面跟了幾隻盡職的蜜蜂，珠珠跟在後面出主意。

珠珠跑過時還不忘告訴我們：「剛才小光在芭樂園，撞到一個蜜蜂窩。」

她話還沒講完，地上一顆石頭順利攔下小光，蜜蜂大概氣還沒消，一隻小蜜蜂對著他的後腦袋狠狠的一叮。

小光坐在地上，哇的一聲哭出來。

他哭得很大聲，一邊揉頭，一邊摀嘴，阿正勸了好久，好不容易他停止哭泣，我們卻發現，小光嘴巴裡的黑山洞變得更大了。

珠珠在地上找到幾顆牙齒：「這是……這是……」

那是小光可憐的牙齒。

小光摸摸腦袋，又哭了。

「牙齒掉了，總有再長的時候嘛。」阿正安慰他。

「對呀，掉了牙齒，表示你又長大一歲了呀。」我拍拍他光光的腦袋。

我們的安慰起不了作用，芭樂伯剛好經過，他聽到小光被他家的蜜蜂追，二話不說，把剛採的七、八顆芭樂送給他。

「有芭樂，不要哭了，以後想吃再來找我。」芭樂伯難得這麼慈祥，平時誰去他園裡偷芭樂，總是被他追著跑。

芭樂伯把斗笠戴好，回到園裡工作去了。我們的視線，現在全集中在那些芭樂身上。

那些芭樂看起來又甜又脆，好吃極了。

小光抱著芭樂，破涕為笑，幾乎忘了掉牙齒的痛苦，他想也沒想，拿了一顆最大的芭樂，立刻放進嘴裡。

「唉唷，好痛。」小光大叫。

對呀，沒有牙齒怎麼啃芭樂。

這麼好吃的芭樂，小光卻沒牙齒。阿正客氣的問他：「小光，可以給我一顆芭樂嗎？」

小光搖搖頭。

「反正你又沒牙齒咬。」蒜頭繼續慫恿他。

「我不要。」他的聲音有點漏風，聽起來像「偶佛掉」。

「小氣鬼，我長大當總統，就把你抓起來關。」阿正粗聲粗氣的說。

「偶佛掉芭樂狒里斯。」小光說。

珠珠替他翻譯：「他說我不要芭樂給你吃。」

「小光，你給我一顆芭樂，我讓你當縣長好了。」蒜頭決定交換了。

縣長的提議，讓他有點心動，他的態度軟化了：「偶佛掉。」

「還有我的三軍總司令也給你當，你還可以幫總統開車喔。」

「西德嗎？」小光大概在講「真的嗎」。

我們急忙點頭：「騙你的是小狗。」

「好啦，你還可以當總統，怎麼樣？」阿正忍痛的說。

小光看看芭樂，又看看我們；看看我們，又看看芭樂，想了好久，他終於點點頭：「好啦，一忍一顆，海要幫偶髮芭樂切夏一點，吃到嗎？」

我們大概了解他的意思：一人只有一顆，還要有人去幫他把芭樂切小一點，知道嗎？

於是，堂堂的總統為了芭樂，放棄職位；未來的三軍總司令負責回家切芭樂；而縣長呢，則恭恭敬敬的站在小光旁邊講笑話。

說真的，芭樂伯的芭樂真好吃，輕輕一咬，汁液立刻充塞在嘴間，好甜，甜得讓我們一點也不後悔，用總統、縣長和三軍總司令的職位去換這麼好吃的芭樂。

「長大以後，偶要去中芭樂。」小光說。

那意思我們都懂：他長大想去種芭樂。

「我也要。」我們同時覺得，種芭樂是全世界最偉大的工作，比總統外加總統司機還重要一百倍。真的，如果你吃過這些芭樂的話ㄏㄨㄚˋ……

4 打針

今天一大早，烏雲密布，不是上學的好天氣。我躺在床上，覺得全身難過。

「小傑，該上學了。」我媽大叫。

「可是……可是我……身體很不舒服。」我縮進被子裡。

我媽進來摸摸我的頭：「沒發燒呀。」

我揉著肚子：「這裡好痛。」

「肚子痛？你上過廁所了嗎？」

我媽懷疑的看了我一眼，「哦～我想起來了，今天學校要打預防針嘛！你少裝了。」

我媽掀開棉被，把我拉起來。

「去上學！」她大吼。

進了教室，蒜頭的臉和我一樣臭。

「我牙齒痛，我媽叫我一定要來上學，他說我們住的牛頓公寓，就是紀念牛頓，即使大風雪，也要上學，牛頓因為有這種精神，後來才變成發明大王。」

「大風雪？那不是英國的威爾遜嗎？牛頓發現地心引力，發明大王是愛迪生！」

「我也這樣說呀，我媽就說小孩子有耳無嘴，不可以跟她頂嘴；還說古時候的恐龍都嘛把橘子讓給媽媽吃，要我多跟恐龍效法！」

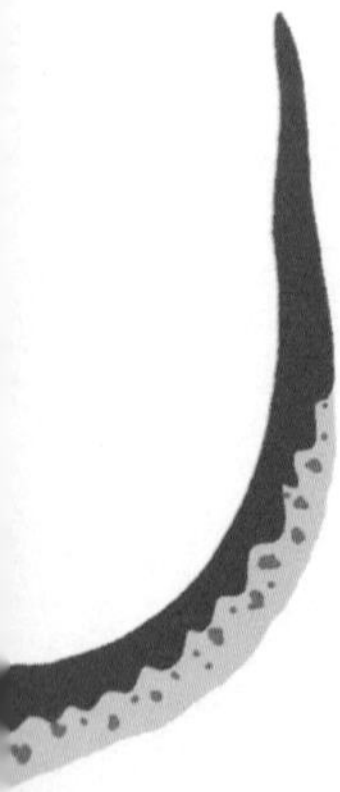

「天哪，是孔融讓梨給哥哥吃吧？」

「我一定不是我媽生的，不然，她怎麼會逼我來學校打針？」

蒜頭搖搖頭。

看起來蒜頭媽比我媽還狠。

最幸運的是阿正。

阿正直到九點都還沒來上學，他媽媽說不定連恐龍讓橘子都不知道。

阿正沒來，穿著白色制服，長得像是北極熊的護士阿姨卻先到我們教室了。

「不用怕，打針不會痛。」北極熊一臉慈祥，露出不懷好意的笑容。

我們不會上當，女生尖叫，男生亂跑，阿國老師叫大家不要動也沒用。

北極熊露出真正的面目，她威脅著：「等一下誰亂動，針斷在你的手上，那就要用鉗子來挖，上回呀好可憐喔……」她一口氣講了十幾個她曾經親眼看過，打針時亂動的可怕結局給我們聽。

我們愈聽愈害怕，蒜頭的臉色蒼白，我猜我也好不到哪裡去，我們班的玫瑰嚇得兩眼紅通通。

只有小光笑得出來。

「我最喜歡打針了。」他說這句話的感覺，好像正在吃一根棒棒糖似的。

阿國老師趕緊把全班的窗戶都上鎖，雙手抱胸站在後門，北極熊呢，就「熊視眈眈」的守著前門。

我們沒地方可逃，北極熊像抓小雞一樣，一隻隻把我們抓出去。

我的眼角含淚，卻無處可逃。

針打在手上，我痛得眼角又多了一滴淚水。

打完了。「別忘了禮貌。」阿國老師說。

「謝謝護士阿姨！」我含著另一滴淚水大吼，哀怨的瞪著阿正的座位。

「臭阿正，竟然被他逃過一劫。」

「還有一個沒來。」阿國老師指的是阿正。

「請父母帶他來衛生所補接種好了。」北極熊低聲的說。

她完全不了解阿正。阿正怎麼可能去衛生所自投羅網嘛！

第二天，天氣好得正適合取笑別人，阿正就是這樣大剌剌的走進教室，然後冷靜的聽著我們訴苦。

「好痛呀。」

「好可怕呀。」

阿正揮揮手：「哎呀，打針又不會痛。」

「對呀，就像被蚊子叮到一樣而已嘛。」不怕打針的狂人小光，拍著他的肩膀說。

「你死定了啦，護士阿姨說，要你媽媽帶你去衛生所打針啦。」蒜頭恐嚇他：「那裡的針更大枝，打起來更痛。」

「去就去呀，反正我又不怕打針。」他說：「我不像你們這種膽、小、鬼！」

他得意洋洋的抱著球，準備衝到教室外頭。

教室門口，有個像山一樣高大的黑影。

是北極熊。

不對，是胖胖的護士阿姨。

「我今天沒事，乾脆就來把沒接種的學生打一打。」北極熊阿姨說。

「阿正，阿正還沒打針。」我們樂得大叫。

不怕打針狂人小光還自動跑過去：「阿姨，我可以再打一次嗎？」

北極熊推開他，伸手去抓阿正。

阿正球一丟，邊跑邊說：「阮不要注射啦！阮不要注射啦！」

他跑得太快，連阿國老師也來不及抓住他，不過，一道白影立刻緊追出去：「我看你跑到哪裡去！」

是北極熊阿姨。

他們一前一後，在操場足足跑了三圈。三圈後，北極熊停下腳步，她跑不動了。

她雙手撐在膝蓋上，拚命的喘氣。阿正繞著操場，愈跑愈遠、愈跑愈遠。

就在大家以為沒戲唱了的時候，只見阿正又愈跑愈近、愈跑愈近，嘴裡依然是那句：「阮不要注射啦！阮不要注射啦！」

他一定是跑昏頭了，才會繞著操場跑回原點，等他發現離北極熊太近時，北極熊大概也休息夠了，一個箭步，就把他牢牢抓住。

阿正打針時，真是熱鬧。

我們全班都在安慰他：「小心一點，別亂動，針頭如果斷在裡面……」

不過呢，我們的安慰都沒有用，他哭得好大聲、好大聲，大到連校長都跑來參觀呢！

5 魔力超人變身拳

星期三的下午，陽光很強，樹蔭很涼。

阿正站在陰影下，比劃魔力超人的變身拳。

「哈哈哈哈！」我和蒜頭覺得很有趣。

突然，「呱啦呱啦呱啦——」我們頭頂上的玻璃窗被人推開。

一個滿臉貼著小黃瓜的胖阿婆說：

「噓，小朋友，去別的地方玩好不好，我們要睡午覺耶。」

那是吳牙醫的家，說話的是他太太。海愛牛社區只有這家牙醫院，人人都認識她。

樹上的鳥在叫，樹上的蟬很吵，沒人趕牠們；我們只是笑，這樣也算吵嗎？

我們「喔～」了一聲，聲音拖得很長很長，慢慢的從這個樹蔭，移到另一個樹蔭，心裡覺得有點不公平。

「後來，他一拳把外星惡魔打到外太空，外星惡魔的臉變成這樣……」阿正裝出八字眉，五官扭成一團，嘴裡還大叫：

「求求你，饒了我吧！」

他演得真好笑，蒜頭抱著肚子不停的叫：「唉喲唉喲，我的肚子快笑破了。」

「呱啦呱啦呱啦——」蒜頭的肚子還沒破，黃瓜臉胖阿婆又拉開窗戶吼著：

「小朋友，不是叫你們去別的地方玩嗎？你們怎麼講不聽呀！走開啦！」

她雙手插腰，凶巴巴的瞪著我們，或許黃瓜沒黏牢，有一片從她肥嘟嘟的臉上……

「哈哈哈，黃瓜掉下來了！」阿正大笑。

「笑什麼？別人還要睡午覺耶！」黃瓜臉旁邊又多了一個禿頭老伯伯，「我下午還要看診，你們吵什麼呀！」

「看診？」

原來他是吳牙醫，平時都戴著口罩。

「可是，這裡又不是你家。」阿正說，「我們在這裡聊天……」

「不要在這裡！」吳醫師大吼。

我們三個憤憤不平的再走到下一棵樟樹。

「那裡又不是他家。」我說。

「對呀，聊天也不行喔？」蒜頭說。

「那，我經過他家可以了吧！」阿正靈機一動，用很快的速度，一邊大叫，一邊跑過吳醫師家。

哇～

長長的叫聲，嚇得樹上的鳥亂飛。

接著是蒜頭。

蒜頭哇啦啦的跑過去，吳牙醫拉開玻璃窗：

「又是你們？」他氣得臉好紅、好紅。

我急忙搖頭：「不是我！」

「還說不是，明明就是你們在亂叫。」

「不是就不是嘛！」這邊只剩下我一個人了。躲在對面轉角的阿正和蒜頭朝我比了比大姆指，意思是太佩服我了。

「跟你說不是就不是，你是『臭耳聾』喔！」我理直氣壯的說。

哇！這下吳牙醫氣得像猴子一樣在窗戶裡頭跳：「你罵我『臭耳聾』！好呀，你不要跑，等我下來！」

咚咚咚，咚咚咚，他家傳出一陣下樓的腳步聲。

我一時愣住，竟然嚇得不知道該怎麼辦。

吳牙醫家大門拉開，跑出一隻滿臉通紅的猴子，不不不，是吳牙醫時，我終於想到，我要趕快跑呀！

「死囝仔，你不要跑！」他吼著，離我愈來愈近。

我的腳嚇軟了，跑沒幾步，吳牙醫就抓住我的書包。

「你再跑呀，我看你往哪裡跑？」

他粗聲粗氣的，正準備把我拖回家，突然聽到一陣巨大的噹啷聲響，我和他都愣住了。

吳牙醫家的玻璃窗破了。

是蒜頭丟的石頭。

他和阿正邊跑邊叫：「小傑，快跑！」

那天下午，我們跑了好久才停下來。

我的心跳得好快好快，耳朵裡，彷彿還能聽得到吳牙醫悲憤的聲音：「那個頭尖尖的，你不要讓我抓到！」

「誰怕你呀！」蒜頭停下來，朝他做了個鬼臉，氣得吳牙醫抓狂了，他才故意慢慢、慢慢的向前跑。

吳牙醫當然抓不到蒜頭，他大概很少運動吧。

但是蒜頭的牙齒，那天晚上卻不知好歹的疼了起來。

他的叫聲很悽慘，蒜頭爸爸也很凶，我們住在他們對面樓，還能聽到蒜頭爸爸說：「走啦，去看牙醫啦。」

然後就是蒜頭哀嚎的喊著：「不要啦！人家不要去啦！」

「去看醫生啦！」他爸的吼聲，三條街外的人都聽得到。

「人家甘願痛死啦！」蒜頭淒厲的叫聲，讓人永遠忘不了。

更可怕的是，不知道為什麼，我也隱隱覺得牙齒好像開始痛了起來……

不要啦！

6 露營

夕陽像顆紅色的滷蛋滾進山谷，群山靜靜，溪水淙淙，森林裡偶爾傳來猛獸的怒吼，剛升起的星星，與我們共同享受孤單寂寞的滋味。

帳篷裡的小火花，是我們僅有的蠟燭。

我們在叢林裡冒險……

「如果有老虎來，我會跟牠拚命。」阿正拿著萬用刀比劃，我們相信他的決心，那隻倒楣的老虎最好不要出現。

「沒錯，就算是獅子想闖進帳篷，我的獵槍也饒不了牠。」蒜頭的槍不是蓋的，可以一連射出三發——橡皮筋。

不只是武器，我們的背包還有些食物。

蒜頭家的土司、阿正媽媽冰箱剩下的

香腸，以及我提供的玉米罐頭，這些食物夠我們在這裡露營三年，當然，那是指如果我記得帶開罐器來的話。

小光沒有媽媽，他爸爸很忙，也沒幫他準備食物。幸好小光帶了一條小青蛇來，那是他的寵物。

「如果我媽媽還在，她會幫我準備很多好吃的。」小青蛇在小光的臂上滑動。

沒人否認他的話，我們都很樂意把食物分給他。

而且，有了小青蛇，在我們的眼中，牠現在和十公尺長的巨蟒沒有兩樣。

叢林裡的時間，好像過得特別慢，肚子一下子又餓了。為了安撫肚子，我必須暫時放棄叢林生活，先回家拿開罐器。我回來時，阿正已經烤焦了三條香腸。

我們正要開動，帳篷一陣搖晃，一股很大的力量在撕扯我們今天晚上的家。

是棕熊？

老虎？

還是可怕的獅子？

帳篷被人打開，蒜頭爸爸，不，是一個追蹤大象的獵人探頭進來。獵人一開口，濃濃的蒜頭味薰得我們用被單緊緊遮住鼻孔。

「你們有沒有晚餐吃？」他說。

我們好心的把烤焦的香腸給他，叢林裡的法則：大家要互相幫助。獵人很高興，從口袋裡拿出一顆蒜頭，有滋有味的吃起來。

「蒜頭爸，喔，不，是獵人叔叔，你是不是該走了？」我問。

「對對對，我該走了，哎呀，這個草原真大，害我找不到回家的路了。」

「是叢林，不是草原。」我們提醒他。

「呃——沒錯，晚安，親愛的小勇士們。」

獵人終於鑽出帳篷，我們正想把門關起來，珠珠在外頭大叫：

「我也要進去！」

她抱著毯子和枕頭來。

「我也要露營。」

「你不可以來，我們男生先來了。」阿正擋在門口。

「你不讓我進去，我們自己露營，而且是真正的露營。」

她說到做到，在我們帳篷外頭，把棉被鋪地上，枕頭當椅子，然後對著三樓大叫：「莉莉，快來露營！」

咚咚咚，莉莉來了。她帶了兩包泡麵，還告訴阿正：「你媽要你先回家洗好澡才能出來露營。」

兩個小女生在我們隔壁野餐，她們坐在枕頭上唱歌。

好一朵美麗的玫瑰花，好一朵美麗的茉莉花……

帳篷裡，小光正在吹直笛想讓小青開始練習跳舞。

「好吵喔。」小青不動，小光放下直笛。

「噓，你們小聲一點好不好，我們的小青要練習跳舞。」蒜頭打開帳篷的門大罵。

「我們又不在你們帳篷裡面唱歌，你們管、不、著。」珠珠凶巴巴的說。

這真是太過分了。

「你們有沒有公德心呀？」我加入戰局。

她們不管我們，茉莉花的聲音，唱得響徹雲霄。

好吧，要唱誰不會唱呢？別忘了，我們有四個男生，開口大唱「小蜜蜂」的聲音，絕對比那一朵嬌嫩的茉莉花還要宏亮整齊。

嗡嗡嗡，嗡嗡嗡，飛到西飛到東……

我們四個人拉著手，搖擺著身體，在微弱的燭火中，扯開嗓門大唱特唱。

唱完了「小蜜蜂」還有「三輪車」。

唱完了「兩隻老虎」，我們吼著「母雞帶小鴨」。

「呱呱呱，呱呱呱！」歌聲來到最高點，突然間，帳篷的拉鍊被人狠狠拉開。

「你們有沒有公德心呀？別再唱啦！」

一張貼滿黃瓜的原始食人族，突然鑽進我們帳篷裡。我們急忙住嘴，只有小光還把最後一個「呱」給吼完。

「不准再唱了，趕快去睡覺！」原來不是食人族，是吳牙醫太太。

「你……那個小……」阿正想說話。

吳牙醫太太怒喝：「別說了，睡覺！」她轉身，像個女皇一樣高貴的想出去。

「小青……」這下連我們都看到了。

「閉嘴！別再說了。」她回頭瞪了我們一眼，掉下幾片黃瓜，盤好的頭髮也亂了。

就在她鑽出我們的帳篷，然後順手想把頭髮往上攏，沒錯，就那一瞬間，一聲石破天驚的尖叫，從她的喉嚨發了出來。

「蛇！蛇呀！」

她邊走邊跳、邊抖邊揮手，小青差點被她甩到牆邊。

在我們安慰可憐的小青同時，都還可以聽到她的尖叫聲仍在持續不斷。

直到三樓蒜頭爸推開窗戶大叫：「是誰啦，吵死了，到底有沒有公德心呀！」

我們很委屈的互相看一看，剛才明明就想提醒她，小青爬上她的頭髮，是她自己不聽的嘛！

7 保健室的護士阿嬤

星期一早上，阿國老師的心情很糟，因為放完週休二日，我們班很多人沒寫功課，包括我。

阿國老師鼻孔氣得和山洞一樣大。他在臺上大吼：「你們為什麼不寫功課呀！」

老師生氣，沒人敢說話，大家都低著頭，假裝在懺悔。

阿正的肩頭一上一下，他竟然哭了。阿國老師只好拍拍他的肩膀說：「好了，知錯能改就好了。」

我咳兩聲，舉手說：「老師，咳！對不起啦，我生病了，沒辦法寫功課。」

「生病？」阿國老師有點懷疑。「沒寫功課就沒寫功課，我最氣小孩子說謊。」

「老師，真的啦，我昨天……不不不，我禮拜五就不舒服了。」我在書包裡找到一包過期的藥，揮著藥包說：「我發燒，所以才沒寫功課。」

為了讓我的病看起來更真實，我連說話的口氣都很虛弱。

阿國老師是有愛心的老師，他看看藥包再看看我說：「真的？」

「對呀，老師，我現在好想睡覺。」

老師摸摸我的額頭：「好像有點發燒，阿正和蒜頭，你們趕快送小傑去健康中心。」

他們沒寫作業，被老師罰掃廁所。出了教室後，一路罵我假仙。

「你少假了。」阿正擦掉他眼角的淚水。

我只好繼續裝病：「真的，我全身都不舒服！」

健康中心的窗戶關得緊緊的，一向親切溫柔的護士姐姐不在，護士阿嬤坐在門口。

「怎麼了？」

他們兩個很沒同情心的說：「他燒得快要死翹翹了啦。」

護士阿嬤很酷，直接拉開髒髒的棉被：「先去躺好。」

我緩慢的走過去。

「蓋緊棉被，流一流汗，燒就退了。」

她還說：「我們以前生病，都嘛這樣蓋。」

「不用量體溫嗎？」

「對喔！」她突然想到，

「你先躺好，我找一下。」

天氣很熱，她還沒找到體溫計，我已經熱得受不了。

我偷偷把腳伸出棉被，護士阿嬤眼尖大叫：「你到底要不要病好呀？」

她又把棉被壓好：「你要聽話，病才會趕快好，知不知道？」

我瞪著天花板，天花板沒什麼好看的，我身上的汗水，像海洋一樣，波濤洶湧。

「我想喝水。」

「等一下，我先幫你找體溫計。」她說：「怎麼連冰枕也沒有？」

她在健康中心裡翻來翻去：「到底放在哪裡呀？」她回頭看了我一眼，那滿頭的白髮和渙散的眼神，難道她得了老年癡呆症？不然，怎麼會連用慣了的體溫計都找不到。

一想到這裡，我開始後悔來健康中心了。

好不容易，她終於端了一碗茶來。茶水溫溫的，裡面的茶葉黑漆漆的，喝起來鹹鹹的。

「這是什麼茶呀？」

「符仔呀！」她笑著說：「我前幾天向保生大帝求來的，不管是什麼病，只要喝完這個符仔茶，包管你的病馬上就好。」

「很不衛生耶！」

「囝仔郎有耳無嘴，保生大帝最靈驗了，如果不夠力，我還有媽祖婆和孔子先生的。」

「不用了，我不要喝。」

「不行。」她命令：「我們以前都嘛喝這個，喝完以後身體健康，連讀冊都會進步。」

我捏著鼻子喝完保生大帝的符仔水，拉開棉被想走。

護士阿嬤摸摸我的額頭。

「奇怪，怎麼還沒退燒？」

「這沒什麼好奇怪的，我流這麼多汗，當然會燒呀。」

她繼續在健康中心找來找去，找了好久：「有了啦，這個絕對有效啦！」

那是肛門塞劑。

「來來來，把褲子脫掉！」她說。

我悲憤的大叫：「不要，我死也不要！」

「囝仔郎要乖乖聽話，只要把這個塞進去，你的病就會好了。」

護士阿嬤笑得很開心，露出金牙：「我們小時候……」

那一天，阿國老師竟然也把我忘掉了。全校都放學了，我媽接不到我，去教室問阿國老師，他才想起我還在健康中心。

媽媽找到我的時候，我已經喝完第三杯符仔水，肛門的塞劑好像還沒完全溶化。

我敢說，我真的很虛弱，就像真的生了一場大病。

媽媽扶著我坐到車子上，車子剛要發動，車門卻又被人拉開。是護士阿嬤。

「對了，我還有一張觀音媽的符仔，這很靈喔，如果他回家還是發燒的話……」護士阿嬤很好心。

「不要。」我正要尖叫。

幸好，我才剛叫出第一個字，護士姐姐從後面拉著她。

護士姐姐問她：「你怎麼自己跑來了？」

護士阿嬤說：「你不在，我就想說在健康中心等你呀，你看，你不在的時候，這個小朋友我也照顧得很好呀。」護士姐姐眉頭皺了一下：「你又拿符仔來，天哪，你該不會又給誰喝這個？」

護士阿嬤笑嘻嘻的看著我。

「她是誰？」我和媽媽同時問。

「她是我媽。」護士姐姐很不好意思的說：「她從鄉下上來找我，我剛好請假。」

「你媽？她不是護士？」

我想起那三碗符仔水……

8 星相專家

珠珠是海愛牛社區的星相專家，看手相的大師。

真的。

以前她迷手相，最近開始研究星座。

前天我們要去打籃球，珠珠拉住阿正的手問：「你是金牛座，對不對？」

我們停下來。

「對啦。」阿正急著想甩開她。

「你今天的運氣不錯喔，會有意外之財。」她說：「財星就在西邊。」

「西邊？意外之財？哈哈哈！」我們發出一陣大笑，覺得珠珠真可愛，太空人都要去火星探險了，還這麼迷信。

珠珠尷尬的放開阿正，我們得意的走開，衝到球場，痛快的打了一場躲避球。

就在我們結束前，阿正追一顆球追到界外後，一臉迷惘的抱著球和一枚五十元硬幣回來。

「你撿到的？」我們問。

阿正點點頭，阿國老師直接叫他到把錢送到訓導處。

「可是，這是我撿到的……」阿正說。

阿國老師拍拍阿正的肩頭：「撿到錢要送到訓導處，」還說：「失主可能很著急，這五十元說不定是他們家人要看病用的……」

「想一想，那不是很可憐嗎？」阿國老師又補了一句。

那五十元，就這麼飛進訓導處。

「別難過嘛，至少珠珠說得很準呀，你今天真的有意外之財。」我安慰阿正。

阿正咧嘴笑了一下：「你們真相信她？」

想起珠珠的話，我們三個同時搖搖頭，決定不把這件事告訴她。

第二天天氣很好，珠珠像個氣象播報員跟在我們後面。

「蒜頭，你今天的運氣不錯喔，烏雲罩頂，運氣好乖，好的不得了。」

「喔，謝謝你喔。」蒜頭沒好氣的說，加快腳步拉著我們快走。

「蒜頭，你今天的運氣不錯喔，烏雲罩頂，運氣好乖，好的不得了。」我和阿正一路學著珠珠的口吻笑他。

陽光很溫暖，天空很藍，我們走近校門口，導護老師笑咪咪的誇蒜頭：「嗯，蒜頭的髮型很帥，精神飽滿。」

她要導護生記下蒜頭的名字，說要請校長表揚。

「好小子。」我猛拍他的肩膀。

好運的事一來，好像擋都擋不住。我們班的小胖說他肚子不舒服，整袋早餐全送到蒜頭桌上。

數學小考，更過分，蒜頭考了一百分，阿國老師叫大家向他看齊。

「不可能！」我和阿正都考七十分，蒜頭兩手一攤，指指珠珠。

珠珠露出巫婆般的微笑，像在說：「我的預言沒錯吧！」

「那我呢？我是天秤座的，我今天的運氣怎麼樣？」我很客氣的問。

「你？」她翻翻白眼，「天機不可洩漏！」

「拜託啦，你都可以算出他們兩個的運氣了，我呢？我怎樣？」

她很仔細的看著我，過了好久，嘆了口氣說：

「小傑，你要小心一點，你今天會有血光之災呀。」

「什麼是血光之災？」阿正和蒜頭問。

「血光之災就是血會流光光，你們也要離小傑遠一點，誰靠近他，都會和他一樣把血流光光。」

「好可怕。」他們兩個立刻往後退了一大步。

「喂，你們不要相信這種……」

我才跨近他們一步，這兩個沒有義氣的好朋友，又嚇得往後退了好幾大步，還大聲的告訴大家：「小心小傑，誰接近他，誰就會倒大楣！」

「哼！我才不相信。」我告訴自己：「只要我不出教室，只要我注意交通安全，我就不相信會怎麼樣！」

下課了，操場好多人，但是，我堅持不踏出教室。

上美勞課，我連剪刀和美工刀都不碰。

掃廁所，蒜頭還很體諒的讓我留在教室掃地就好。

「免得你去廁所有血光之災，害我們倒楣。」他說。

掃教室的同學怕我，他們幫忙把椅子抬起來後，就一個個都躲得不見人影了。

教室很髒，美勞課用剩的紙屑掉滿地。掃就掃嘛，對了，我也要小心椅子掉下來打到我。

於是，我就很小心的掃地，掃呀掃呀掃呀，直到我掃到了珠珠的座位，在地上看到半本破破爛爛的書。

《一週星座運勢》

翻開書，裡面有幾個星座的本週運勢。

金牛座：意外之財，財星偏西。

牡羊座：本週烏雲罩頂，運氣乖違。

奇怪，這句子怎麼好熟？好像……好像是珠珠說過的嘛。原來她就是從這本過期的雜誌上看來的？

最好笑的是，她還把「烏雲罩頂」唸成了「鳥雲罩頂」，看來，那個「運氣乖違」應該也不是什麼好句子。

「那我的血光之災？」

我急忙翻書，可是雜誌只剩半本。

沒有天秤座的解釋，倒是處女座上明明白白寫著：小心，你這個禮拜有血光之災，行事要小心，不要帶書給別人。

「原來是這樣，她根本就是從這本雜誌上隨便背幾句拿來唬人！」

我怒氣沖沖的帶著舊雜誌，跑出教室，非要找她問個明白。

害我白白擔心了一整天。

害我整天像個瘟神，人見人怕。

害我連廁所都不敢去上，憋尿憋了一整天。

我愈想愈氣，氣得用最快的速度跑去找她。

走廊上一扇門突然被人推開，我跑得太快，
根本來不及閃，頭就直接撞上鋁門，砰的一聲，
我就這樣仰天倒了下去。
「是誰呀，誰在走廊上奔跑？」

我睜開眼睛，發現校長正低下頭，滿臉怒容的說：「你是哪一班的，怎麼在走廊上跑？」

我搖搖頭，好不容易才坐了起來，四周圍了愈來愈多的人。

「他流鼻血了。」有人說。

「我早就說了嘛，他今天有血光之災，他就是不聽。」人群裡，一陣冷冷的聲音傳來，是珠珠。

這……這到底是怎麼回事呀？我想問人，卻發現，所有的人都退了一大步，真的把我當成瘟神了。

9 屋頂有鬼

凶巴巴的吳牙醫，跌破所有人的眼鏡，竟然當選里長。

「牙醫當里長，大家的牙齒一定更健康。」阿嬤說。

里長伯在他家院子外面擺流水席，邀請全社區的人去參加，他還說以後每一年春節，他都要請大家喝春酒，免費潔牙教學。

今年的春節，他會請一位很特別的特別來賓來跳財神舞。

有鬼啦

「那個特別來賓是誰？」

蒜頭爸爸在台下問。

里長伯露出潔白的牙齒說：

「特別來賓絕對很特別，是大家都想不到的人啦！」

尋找特別來賓，一度成為海愛牛社區年度十大新聞的第一條。

但是，沒幾天，「蒜頭媽撞到鬼」事件，搶走「尋找特別來賓」的焦點。

鬼

怪都要怪蒜頭媽啦，她最喜歡三更半夜洗衣服，三更半夜到頂樓去晾衣服。

她總是說，深夜時很安靜，晾衣服，享受孤獨，好幸福。

沒想到，蒜頭媽在昨天深夜十二點，一臉「青筍筍」的從頂樓衝下來，沿路高叫：「鬼，有鬼啦！」

這麼淒厲的叫聲，立刻吵醒海愛牛社區老老少少。連我們也從海公寓衝進蒜頭家。而蒜頭媽呢，癱坐在沙發上，動也不動。

「昏倒了啦。」蒜頭爸爸說。

「我們這裡人口密集，怎麼可能鬧鬼？」我爸不相信，拿著球棒帶大家去頂樓找鬼。

人多勢眾，幾十個人推開頂樓小門。

空盪盪的頂樓，除了一件沒人承認、忘了收走的特大號內褲之外，什麼也沒有。

月亮躲在雲後，樓下的燈光稀疏。

「這種地方叫我自己上來我都怕。」我媽說。

「我看是彩雲自己嚇到自己。」阿正媽媽說：「回去睡覺比較實在，明天再請道士來唸個經好了。」彩雲就是蒜頭媽媽。

「對啦對啦，回去睡啦。」很多人發現沒熱鬧看了，瞌睡蟲立刻爬上臉了。

頂樓鬧鬼事件，就這樣變成海愛牛社區最熱門的新聞。

第二天，陽光普照，適合談鬼。

我對蒜頭說：「說不定是你媽把那件內褲當成鬼了。」

蒜頭搖搖頭：「我媽的視力二點零，我自己藏完忘記藏在哪裡的漫畫書，她都能找得到，如果她說是，那就一定是。」

「太空人都快登陸火星了，你還相信這種『鬼話』？」我笑他。

「你如果不相信，今天晚上，一起去頂樓。」蒜頭瞄了我一眼。

「頂樓喔……」阿正面有難色。

「你不敢去？」蒜頭問。

「我……」阿正欲言又止，

「好啦，那就一起去看看啦。」

那天晚上，阿正脖子上掛了三個廟裡求來的平安符，左右手戴著佛珠手環，手裡還抱了一尊彌勒佛的雕像。

「你是要去當廟公嗎？」蒜頭笑他。

「你自己還不是帶十字架來？」

「有了十字架，不管是中國鬼還是西洋鬼，我們都不怕。」

蒜頭的口袋還有幾瓣蒜頭，他說吸血鬼最怕蒜頭味，一聞就跑。

「小傑，你帶什麼？」

我出門太匆忙，只抓了一瓶胡椒粉。

「好啦，出發了啦。」我怕他們笑，急著走。

頂樓風聲颼颼，沒有月亮，也看不到星星，我們三個人逛了一圈，連那件內褲都不見了，更找不到鬼。

從頂樓往下望，燈火稀稀疏疏，頂樓的蚊子一定知道有三隻肥羊上來了，他們緊盯著我們。

嗡嗡嗡，啪、啪、啪！

鬼還沒來，我們要先跟蚊子作戰。

就在蒜頭打死第八隻蚊子，阿正抱怨得大家受不了，我們正要回家的時候，頂樓小門那邊，傳來一聲「喀」。

聲音雖然小，卻是清清楚楚。

「喀」又一聲，門把跟著動了一下。

難道是……我的手心冒汗，緊抓著那瓶胡椒粉。

門緩緩的被人推了開來，一個穿著古代衣服的鬼跳了出來。

對，是「跳」。

他從門後跳了出來，東跳幾下、西跳幾下。鬼還戴著面具，東抓幾下、西抓幾下。頂樓很暗，鬼沒發現我們，但是，他跳著跳著，竟然朝我們這邊跳了過來。

「殭屍！」蒜頭大叫，隨手把十字架射過去：「呼你死！」

我和阿正也很有默契的把手上的「武器」丟出去。

阿正的彌勒佛還直接打在殭屍頭上，發出「咚」的好大一聲。

「唉唷，好痛！」鬼一邊喊痛，一邊伸手亂抓，正好抓住我。

「放開啦，救命啦！」我張口大叫，「鬼呀，鬼呀！」

要是被鬼抓到，會怎樣？我想都不敢想。

「救命啦，鬼啦！」我不知哪來的力氣，叫得好大聲。

沒想到，鬼竟然用手摀著我的嘴：「別叫了啦。」

我拚命的掙扎，鬼瞪著我，我想我快要昏倒了，鬼緩緩的在他臉上抹一下，鬼要現出原形了嗎？

那一定很可怕，

我嚇得腿軟了，就快要昏倒了，那個鬼還拚命搖著我：「小傑、小傑！」

我仔細一看，不是鬼，不是鬼，是……是阿正爸爸。

「爸，怎麼是你？」阿正衝著鬼，不，是衝著他爸大叫。

阿正爸揉著頭：「三更半夜不睡覺，你們跑來這裡『衝蝦米？』」

「我們……我們來抓……」蒜頭話還沒說完，我急忙踩他一腳。

「爸，我們來這裡觀察星星，你來這裡做什麼？」阿正問。

「我，我來頂樓練習跳財神。」

「跳財神？」我們異口同聲大叫。

原來，阿正爸就是吳牙醫口中的特別來賓，他要負責跳財神，但是，又怕祕密太早曝光，只能在深夜的頂樓獨自練習。

沒想到，昨天嚇到了蒜頭媽，今天被我們嚇到。

特別來賓的祕密，我們三個都知道了，不，不只是我們，剛才的喧鬧，讓海愛牛社區的人家，又全衝上頂樓來。

這下子，整個社區老老少少全都知道，里長伯口中很特別、很神祕的來賓，其實就是阿正爸。

全天下唯一不知道我們知道這祕密的人，只剩下里長伯自己。

現在，我們只要在路上遇到他，里長伯總是要我們猜：「猜猜看，今年的神祕嘉賓是誰？」

我們只好努力裝作很笨的樣子猜：「是劉德華嗎？還是金城武？」

「現在小孩的想像力真差，加油，你們就快猜到了。」里長伯搖著腦袋，得意洋洋的走了。

唉，這樣的遊戲要持續到今年過年，或許，他以為我們都不知道的祕密，這才是最大的祕密吧。

10 巧克力王子大戰噴火龍

社區年終晚會的日子快到了，這次，我們小孩子要演話劇。劇情很簡單：櫻桃城堡被噴火龍占領，巧克力王子必須打敗噴火龍，救出被綁架的櫻桃公主，才能從此過著幸福快樂的日子。阿國老師是編劇兼導演，他請蒜頭演噴火龍，小光當王子，玫瑰扮演櫻桃公主。

大家都知道，蒜頭喜歡玫瑰，現在不讓他去救玫瑰，還要他當大壞蛋，他很不服氣。

「老師，我演王子啦，王子哪有像小光那樣的？」

蒜頭說得有理，小光常常流著兩行鼻涕，實在……

「可是，你的身材最高，如果你來演王子，打敗矮冬瓜噴火龍，這齣戲好看嗎？」

阿國老師的考慮有道理。

「不管怎麼說，只要大家同心協力，一定能演好這齣戲。」阿國老師拍拍蒜頭的頭，不肯退讓。

蒜頭下課時特別去警告小光：「玫瑰是我的真愛，你給我小心一點。」

小光吸了一下鼻水，很謙虛的問：「蒜頭，什麼是真愛？」

「反正，真愛就是真愛，不是假愛啦。」他跺了跺腳。

排戲的時候，看矮小的小光挑戰高大的噴火龍真的很有趣。

蒜頭決定給小光好看，不管小光怎麼推他、擠他或拿劍刺他，邪惡的噴火龍動也不動，嘴裡冷冷的說：「哼！看你怎麼殺我呀！」

小光漲紅了臉，使勁再推，這下反彈回來，自己倒了下去。

「停停停。」阿國老師臉色很難看：「小光，你拿這個。」

那是一枝用保麗龍做成的狼牙棒。

「當你拿出這枝狼牙棒時，唸一句『好吃的巧克力神，請賜給我無敵的力量』，這枝巧克力狼牙棒就會充滿電力，不管打到誰，誰都會立刻死翹翹。」

「老師，你在騙小孩喔！」蒜頭不屑的說。

阿國老師瞄了他一眼：「要是有一隻笨笨的噴火龍被打中，還不會立刻死翹翹的話，那天的回家作業，噴火龍就會比別人多寫三倍，寫到手斷掉，你相不相信？」

有了老師的恐嚇加威脅，王子終於打倒噴火龍，救出玫瑰公主，兩個人手牽著手……

噴火龍躺在地上，低聲咆哮：「小光，你敢！」

小光的手停在半空，玫瑰補上一聲尖叫：「小光，你好噁心喔，剛才用手去擦鼻涕！」

戲暫時停下來。

公主站在噴火龍的屍體旁等著。王子趕快去洗手。愛乾淨的公主摘了一根草，從頭到尾，就只肯牽著那根草，戲排完，還用肥皂洗手洗了十幾遍。

躺在地上的噴火龍終於安心的閉上眼，呵呵呵的微笑。

回家，我把這件事告訴我媽。

我媽那時正在切小黃瓜，她的菜刀停下來，歪著頭，提高三度音問：「小傑，蒜頭演一隻追求真愛的噴火龍，小光是鼻涕王子，那你呢？你演什麼？」

「我……」

「難道是國王？」

「國王要老一點的人來演。」

「那是皇后嘍？」

「那要男扮女裝，多好笑，媽，我演樹啦。」

「樹？」我媽這會兒提成八度音了，「你演一棵呆呆站著的樹？」

接下來的時間，我一直跟我媽解釋，要完美的演好一棵樹不容易，樹枝被風吹的時候，必須很輕柔的擺動，而且不能擺錯方向，況且全場只有兩棵樹，比另外八個演柱子的同學有趣多了，因為柱子才是真的不會動。

可是我媽根本不想聽我解釋，她說她不要到學校看表演，因為「誰會想去看自己的兒子演一棵笨樹？」

我媽就這樣放棄了一個好機會，她沒看到樹其實還是很重要的。

真的。

社區年終晚會當天，前面都和我們排演時一模一樣。

蒜頭噴火龍綁走美麗的玫瑰公主，流著鼻涕的巧克力王子出發去救公主。

一番打鬥後，王子拿出巧克力狼牙棒，把噴火龍殺得死翹翹。

故事接近尾聲，我在舞台上搖動樹葉，替王子和公主慶賀。

王子一把抓住公主的手，露出一副幸福的表情。

如果這時燈光立刻熄滅也就算了，千不該萬不該，小光還回頭，用一種很得意很得意的表情，瞄了瞄躺在地上死翹翹的那隻噴火龍。

他的樣子好像在說：「嘻嘻嘻，我真的打敗你了。」

更可憐的是玫瑰，玫瑰拚命的想甩開小光的手，大家都知道他的手隨時都在擦鼻涕，那可憐兮兮的表

情，任誰都會忍不住想去救她，更何況是蒜頭。

於是，大家都看到了，躺在地上的噴火龍竟然死而復生，憤怒的衝向王子，準備拯救櫻桃公主。

王子的巧克力狼牙棒沒有作用，狼牙棒還斷成三截，現場觀眾以為我們安排了什麼驚喜的結局，竟然很不識相的瘋狂鼓起掌來。

王子逃，噴火龍追，公主躲在噴火龍後面叫救命，幾根柱子還在臺上喊加油，阿國老師簡直氣瘋了，他大叫：「誰，誰快把那隻龍擋下來！」

這就是我媽沒看到的一幕，是我，我和另一棵樹想也沒想就把樹枝垂下來，擋住噴火龍前進和後退的方向，腳還不小心絆倒了噴火龍，然後那八根柱子就一根根倒下來，全疊在噴火龍身上……

幕很快的放下。

一聲淒厲的叫聲從幕後傳出來，是玫瑰。

「小光，把你的手拿開，別壓在我的臉上，好噁心啊——」

11 一隻手套

鐘聲響後，走出教室，冷冰冰的風把我吹得脖子一縮，哇！真冷。

我急忙打開書包，想把它拿出來，細細找了一遍，奇怪，找不到。

我把書一本一本抽出來，翻一翻，抖一抖，沒有。

「你在找什麼？」莉莉蹦蹦跳跳經過我身邊。

「手套，我的新手套呢？」

「有沒有戴在你的手上？」莉莉說：「我很多時候都會這樣，上次我媽找眼鏡，找了一整天，最後才發現，眼鏡就在她臉上。」

我知道手上沒手套，但還是下意識看看手。不過，我卻在大衣口袋裡摸到一隻手套。

「在這裡，我放在口袋。」

莉莉蹦蹦跳跳走遠後，我才發現，咦，怪了，我的口袋裡是有一隻手套，但是，也就只有這一隻，另一隻手套呢？

太陽快下山了，氣溫更低了。

我戴著一隻手套，另一隻手躲在口袋取暖，慢慢的走回家。

這雙新手套，是媽媽用毛線織的，戴起來又輕又暖。手心上各有三道鮮豔的紅橘黃條紋，兩手一合，就像彩虹一樣漂亮。

「只是，怎麼會掉了呢？」

我得把它找出來。我的舊手套雖然也很暖和，但是，弄丟了媽媽織好的手套，她又會唸我：「小傑，你怎麼老是這麼粗心？」手套掉在學校嗎？我整天都沒戴呀！會不會掉在社區？早上我和阿正、蒜頭一起上學，會是落在路上了嗎？一隻孤單的手套，是沒人會撿回家的。我低著頭，邊走邊找。

走進社區，小光和他妹妹在中庭玩。

「小光，帶妹妹去涼亭玩，這裡太冷了。」我說。

他朝我笑一下，也不知道懂不懂。

去年小光媽媽過世了，小光爸爸又忙著工作，根本沒時間照顧他們。

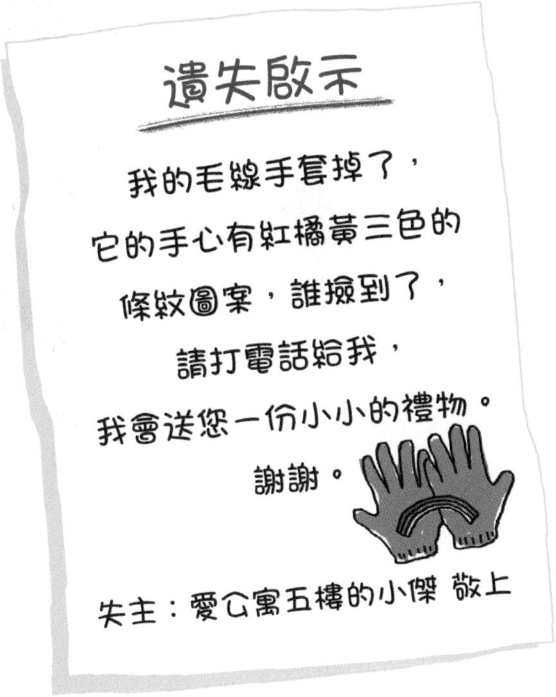
遺失啟示
我的毛線手套掉了，
它的手心有紅橘黃三色的
條紋圖案，誰撿到了，
請打電話給我，
我會送您一份小小的禮物。
謝謝。
失主：愛公寓五樓的小傑 敬上

我看他們兄妹走進涼亭，這才趕緊爬回五樓，提筆寫了三張啟示。

我把啟示貼在海愛牛社區三棟公寓的一樓。

想不到我才回到家，電話就響了。電話那端的阿正，大吼著：「小傑，小傑，我找到你的手套了。」

哇！這麼快！

我興沖沖的跑去他家，他興奮的把手套交給我。

「我在社區的排水溝裡看到的，嗯，有點臭。」他捏著鼻子說。

那是一隻棉布的工作手套，不知道是誰把它丟掉的。

「你有沒有仔細看啟示，我的手套是毛線織的，不是這種。」

我把那隻手套丟進垃圾筒裡。

我回到家，又有人打來了。

是珠珠。

珠珠說她在她媽媽的衣櫥裡找到我的手套。

「我的手套怎麼會跑進她們家的衣櫥？」我邊走邊猜。

那是一雙很漂亮、很高貴的皮手套，裡面還有兔毛的內裡。

「這不是我的手套。」我老實的說。

奇怪，在說這些話的同時，我腦海裡想到的，是那個著名的故事〈金斧頭銀斧頭〉。

對，我不貪心，說不定會有一個住在湖裡的神仙，送我一隻金手套。

「金子做的手套，是不是你的？」我自己邊想邊笑，連蒜頭從樓上叫我的聲音，我都沒聽到。

「小傑，小傑，你掉了一隻手套？」他繼續大叫。

我停下腳步，點點頭。

「毛線的手套？」

我繼續點頭。

「上面還有三道紅橘黃的條紋？」

「沒錯，沒錯，那是我的手套。」

「你說找到有禮物？」

「對呀，我有一枝還很好寫的筆可以送你。」

「好小氣喔！」

「好吧，我再免費幫你寫三天功課。你快把我的手套拿來吧。」

他搖頭。

「喔，你是趁火打劫喔，好吧，多寫五天功課，你可以把手套還給我了吧？」

他繼續搖頭：「我沒有手套呀。」

「那你怎麼……」

「我只是想知道你會送什麼東西，如果值錢我就去幫你找。」

天底下竟然有這種朋友，我氣得不理他，大踏步的只想回到溫暖的家，找到我媽，然後誠實的跟她說，我把手套弄丟了。

北風呼呼的在我耳朵邊狂吼，經過中庭的涼亭，小光和他妹妹背對著我，不知道在幹什麼？

我走近，他們沒發現，兩兄妹正在輕輕哼著歌。

世上只有媽媽好，有媽的孩子像個寶……

我還瞥見，我那隻失蹤了的毛線手套，就套在他妹妹手上。

「小光，那手套？」

他抬頭，先把鼻水吸回去，然後衝著我笑了一下：「我在涼亭外面撿到的，你看，給我妹戴剛剛好耶。」

小光妹妹正用套著手套的手在臉上摩擦。

「小傑哥哥，你來戴戴看，很暖和喔。」他妹妹說。

「我……」看他們那麼喜歡的樣子，我想跟他們要回手套的心情，全沒了。「不用了，你自己戴吧。」

世上只有媽媽好，有媽的孩子像個寶……

她妹妹繼續哼著歌，或許這隻手套，讓她想起了媽媽。

「外面風冷，早點回家。」我說。

「我不怕，我有手套。」小光妹妹揮揮手套。

天氣這麼冷，我想趕快回家，媽媽還在家裡，她一定不會介意幫我再織一雙手套。

我把另一隻手套丟在涼亭口：「我回去了。」

他們還沒回答，我立刻拔腿跑起來，我還想到三棟公寓一樓的啟示都還沒撕，跑著跑著，雖然天已經真的全黑了，但是，四周好像也沒那麼冷了嘛！

12 搬家

冷冷的北風趕來拜訪我們社區，這個學期快要結束，海愛牛社區的人家忙著搬沙發、洗窗戶和打掃床底下。媽媽們還在吳牙醫家門口排起長龍，不是看牙啦，是她們都知道吳牙醫寫得一手好毛筆字，他也樂得替大家寫春聯。

一元復始　事事宜，萬象更新　家家樂

歡送舊年尾　留下記憶，期待新年頭　歡迎未來

一元復始萬事亨
萬象更新家家樂
春

紅紅的春聯一貼，海愛牛社區有著說不出來的喜氣。這麼快樂的時候，我們人手一把沖天炮，拉了蒜頭準備去嚇人時。蒜頭卻苦著臉說：「我們要搬家了。」

無數的沖天炮彷彿在我們的頭頂炸開。

「為什麼？」鞭炮炸得人人一肚子疑問。

「我們現在的房子會漏水，我爸爸想趁過年前，找一間好房子，他說這樣才像過新年。」

我們不想失去蒜頭這樣的好朋友，決定想辦法挽留蒜頭一家人。

珠珠連續三天等在蒜頭家門口，只要蒜頭媽媽出門，就很努力的告訴她：「蒜頭媽媽，你們家的人，適合住在這個社區，住在這裡財運亨通，一輩子賺大錢喔。」

蒜頭媽媽忙著去買菜，很客氣的提醒她，是財運「亨」通，不是財運「享」通。說完跨上摩托車，油門一催，頭也不回的走了，留下一臉尷尬的珠珠。

我和阿正對蒜頭爸爸下功夫。我們提了一大袋蒜頭送給他。

蒜頭爸爸笑呵呵的接過蒜頭，對於「不要搬家」的提議，他搖搖頭，張著大嘴巴說：「不行，不行！」

喔！我雖然立刻緊閉嘴巴，暫停呼吸，蒜頭爸爸噴出來的可怕氣味，依然讓我腦袋一陣發麻。

回到家，我沮喪的寫日記，記念蒜頭和我的點點滴滴。

我媽則在廚房抓狂的問，有誰看到她剛買的蒜頭？

「蒜頭沒有腳，難道會自己跑走嗎？」她狐疑的檢查完冰箱和櫥櫃後說。

我悲憤的在日記上寫著：蒜頭沒有腳，但是蒜頭快要搬走了。

蒜頭搬家前一晚，我們除了把那些沖天炮全都放完之外，阿正還很大方的跟蒜頭說，以前他借的那些漫畫，如果真的找不到，就不用還了。

我的電動上回被他摔到地上，我也說：「你不用賠我了，就當作是我送你的禮物好了。」

珠珠則是慎重的用喜餅盒裝了一本書來。是那半本老舊的星相書。

「你這一週適合遠行，搬得愈遠愈好。」她把喜餅盒連同書都送給蒜頭。

蒜頭不拿，珠珠執意要送給他，當作臨別前的紀念品。他們兩個人在公寓門口推來推去，最後珠珠氣呼呼的把喜餅盒丟到地上。

「反正我送你了，你不要，我也不要！」她跺著腳走了。

我們看看小光，等著他表示。蒜頭一向很照顧小光。

小光想了很久，終於很有義氣的把快流出來的鼻水吸進去，說：「蒜頭，我欠你的那四十六塊錢，也不必還了，對不對？」

「不對，要還！」蒜頭拍拍他腦袋說：「我記得很清楚，是五十六塊。」

冬天的太陽急著趕路，每一天的時間好像過得特別快，蒜頭搬家的日子，也好像一下子就到了。

小卡車停在牛公寓的一樓，蒜頭爸爸從三樓把家具扛到窗口，再用繩子吊到卡車上。

我們站在一旁看熱鬧，小卡車的後車斗上，先是疊了床，放了

冰箱，塞進電視和床墊，幾箱衣服，幾個大塑膠袋，半空中還飄下來幾張紙，撿起來一看，是蒜頭的考卷。

粗繩子捆好、拉緊再打結，蒜頭跑下來，又看了我們一眼，他大概想說什麼，話到嘴邊又吞了回去。阿正和我只好傻呼呼的揮揮手，交代他有空要回來看我們。

「不然，你留下來在我們家過年好了。」珠珠說。

蒜頭勉強牽動嘴角，笑容卻又馬上消失。

「再見了，蒜頭。」我的眼眶似乎有淚，不過，這時沒空擦眼淚，小卡車噗噗噗的發動了。

北風吹在臉頰，有點冰，我一摸，不是風，是淚水。

小卡車開出人車分道，沿著社區小路往前開，經過了愛公寓。

「蒜頭！」我們大叫，幾乎快追不到卡車了，蒜頭坐在卡車後頭看著我們。

卡車愈開愈快，我們愈跑愈慢。

在淚眼矇矓中，卡車在海公寓前停了下來。

我們又呼喊著跑向前：「蒜頭，記得打電話喔！」

蒜頭一臉迷惘的下了車。

「是不是還有東西沒有拿，我去幫你拿。」阿正追上去。

我跟過去：「過年要打電話來喔。」

小光、珠珠全圍著蒜頭，憋了一早上的話，現在想一股腦兒說出來。

蒜頭搖搖頭，他還沒開口，蒜頭爸爸騎著摩托車趕來了。

蒜頭爸爸拿著鑰匙，打開大門，走了進去。

「你爸……」阿正問。

蒜頭指指樓上，沒錯，蒜頭爸爸推開海公寓三樓窗戶：「好了，我把繩子丟下去嘍。」

卡車上的大人全都下來了，他們打開綁緊的麻繩，抽掉繩子，把衣服、床墊和電視、冰箱一樣樣吊上去。

「這……」我們看得目瞪口呆。

「這……」蒜頭點點頭說：「我剛剛才知道，我爸爸說我們原來住的那裡會漏水嘛，所以決定搬家，搬到這一棟！」

「天哪，差點被你嚇死……我不管，我的漫畫你到底找到了沒有？還給我！」阿正笑著捶他。

「對，還有我的電動，你也得賠我！」

蒜頭被我們追著跑，風很涼，空氣裡有過年的味道。

遠遠的，還可以聽到一陣鞭炮的聲音，像在迎接新的一年的來到呢！

後記

玉米田裡的小偷

◎王文華

暑假放沒多久，李伯伯家的玉米田遭小偷了。

小偷很壞，不管玉米有沒有熟，東摘幾穗、西摘幾穗，把玉米田搗得一片狼籍。

李伯伯生氣了，他是軍官出身，受不了暴殄天物的行為。他沒空抓小偷，回頭命令我們：「去，去把小偷給我抓起來。」

那年夏天，天氣炎熱，可是抓小偷這麼刺激的事，讓我們願意在玉米田裡躲一整天。

是真的一整天喔。玉米田裡蚊子很多，偶爾有天牛和蝴蝶。

第二天。第三天。

等到第四天，冰淇淋（李伯伯大女兒）的三個妹妹回家去喝綠豆湯。

然後，小偷就來了。

流著鼻涕的阿光、理著大平頭的阿正……，那是幾個嘻嘻哈哈，平時看起來就不順眼的隔壁家小孩。他們經過玉米田時，順手摘、順手丟。

「小偷！」我和冰淇淋大叫：「還有蒜頭，你們統統是小偷。」

小偷們停下腳步。

「走，別理他們。」蒜頭大概是心虛。

小偷們轉身走了。

「喂，停下來。」冰淇淋撿起地上的玉米，「阿正、阿光，我要去跟你們媽媽說。」

小偷們不理她，踩著自己的影子往前跑。

冰淇淋氣得把玉米丟過去：「臭小偷，偷摘我家的玉米。」

那根玉米哪兒都沒去，直直掉在阿光的光頭上，「咚！」一聲，阿光哭了。

阿光一哭，小偷們惱羞成怒。他們回頭，撿起地上的玉米朝我們攻擊。

「誰怕誰呀！」我們也撿玉米還擊，還大叫冰淇淋的妹妹前來助陣。

一時間，玉米飛彈在空中呼嘯而來，呼嘯而去，撿不夠，反正玉米田裡還有不少可以摘……

沉沉的玉米丟出去很過癮，砸到身上時會痛得吱吱叫。

到了晚上，李伯伯回來了，我們毫不猶豫的帶他到各家去找小偷。

阿正、蒜頭、阿光和珠珠……

小偷站成一長排。

李伯伯痛心的說：「那些玉米……那些玉米……」

阿正舉手：「小傑和冰淇淋也有摘，他們摘**更多**。」

「我們是為了打小偷……」我的聲音愈說愈低。

李伯伯錯愕的回頭：「你們這些小孩……你們這些小孩……」

我們這些小孩只好乖乖的負責照顧「戰火餘生」的玉米，幫忙重新播種新的玉米。一個暑假相處下來，我知道阿正很有正義感；蒜頭的爸爸愛吃蒜頭；阿光的媽媽不知道去哪裡了；珠珠天真的相信算命那一套……

最重要的是，他們其實和我們一樣，都愛笑，都愛吃，都愛搗蛋，都不像外表看來那麼討人厭。

原來，只要你去認識一個人，你就會發現，每個人都有很多很棒的優點。

因為那塊玉米田，那年的夏天，我在海愛牛社區認識了一群好朋友，也認識了這麼一個小小的「人生大道理」，推薦給你嘍（如果你能耐著心把後記讀完的話）！

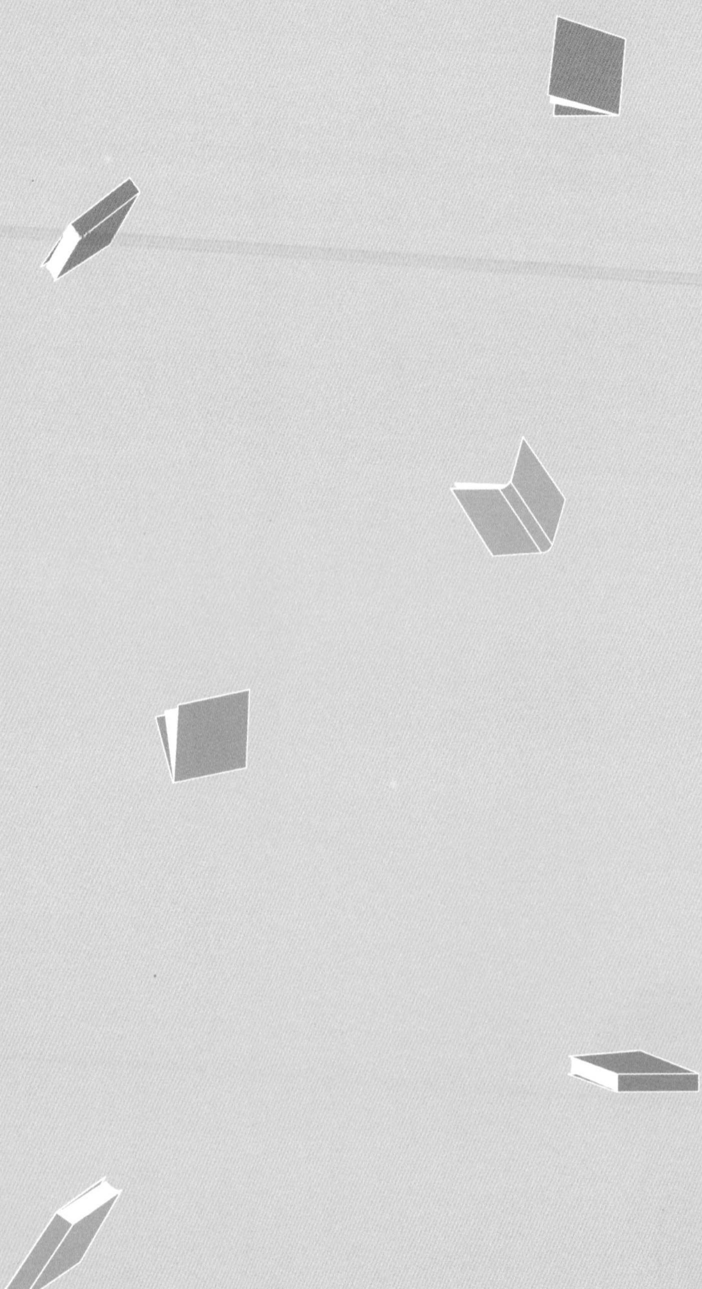

閱讀123